小さい謎、見つけた

喜多ひろ
KITA Hiro

文芸社

小さい謎、見つけた◎目次

探偵君の日々 ――中学校編

とも君の冒険

ねえ、お話聞いて

「パパ」

とも君が目を輝かせて言います。

「あのね。今日ね。メロンがみんなで、おいでおいで、してたんだよ」

とも君はメロンが大好きです。

「よかったね。メロンがおいでおいで、してたんだ。すごいね」

パパが、にっこりとして言います。

「すごいでしょう」

とも君は得意そうです。

次の日、とも君のパパが仕事に行くとき、近所の果物屋さんの前を通りました。お店の前には、両手両足でポーズを決めているメロンのキャラクターが描かれたのぼり旗が、何本も風にパタパタとはためていました。

とも君のパパに、まるで「行ってらっしゃい」と手を振っているようでした。


「ママ」

とも君が目を輝かせて言います。

「あのね。今日ね。木にリンゴがいっぱいなっていたんだよ」

とも君はリンゴも大好きです。

「すごい。よく見つけたね。どこにあったの？　今度、教えてね」

ママが、にっこりして言います。

「うん。いいよ。教えてあげるね」

とも君はうれしそうです。

次の日、とも君とママは公園に行きました。その帰り道です。

「ママ、あそこだよ」

ママは、とも君が指さすところを見ました。

「あっ、本当だ。いっぱいあるね」

木立《こだち》の間から見える、その家の庭には、ビーチパラソルが立っていました。パラソルには、リンゴの絵がいっぱい描かれていました。


「おじいちゃん」

とも君が目を輝かせて言います。

「これ、なぁに?」

とも君は、おじいちゃんと畑に来ました。小さな葉っぱが地面から生えています。

「スイカの赤ちゃんだ」

おじいちゃんが、にっこりして言います。

「まあるくないよ」

とも君は、とても不思議そうにしています。

次の日も、とも君はおじいちゃんと一緒に畑に行きました。

「まだ、まあるくならないよ」

とも君は心配そうです。

「大丈夫。大きくなれば、まるくなるから」

おじいちゃんは、ニコニコしながら言いました。

「スイカ、早く大きくなあれ」

とも君が大きな声で言いました。

とも君は、実はスイカも大好きなのです。


「おばあちゃん」

とも君が目を輝かせて言います。

「お庭に、モコモコが出てきた」

「モコモコが出てきたんだ。どこにあるの」

おばあちゃんが、にっこり笑って聞きます。

「こっちだよ」

とも君は、おばあちゃんを引っぱって行きます。

「これだよ。何かなぁ」

木の根元に、土がモコモコと盛り上がっています。

「これは、きっとモグラさんだよ。モグラさんが、地面の下で穴掘りをして、土をここに出したんだね」

「モグラさんかぁ」

とも君が、目を輝かせて、モコモコの周りをぐるぐると回っています。

「モグラさん、出てこないかなぁ」

次の日、とも君とおばあちゃんは、お花の水やりに庭に出ました。

「あっ、ここにもモコモコがある」

とも君は、花だんの中に小さな土の山を見つけました。

「モコモコの赤ちゃんだ」

とも君は、目を輝かせて言います。

「それじゃ、向こうの木のところのは、きっと、モコモコのお母さんだね」

おばあちゃんが、にっこりして言います。

「モコモコのお父さんはどこかなぁ」

とも君は、モコモコのお父さんを探し始めました。

雨の中で

「わぁ、すごい」

トンネルをぬけると、窓の外は真っ白です。

「雲の中みたい」

とも君は、車の窓に額をつけるようにして外を見ています。

車は、山間の高速道路を、シャワーのような雨の中を走っています。雨がまるで煙のようにうずをまいて、車の前からせまってきます。

「すごい。お水のうずまき」

雨はますます強くなっていくようです。

トンネルに入ると、車がカサをさしたみたいに雨がぴたっとやみます。

「雨、やんだ?」

トンネルをぬけると雨が勢いよく吹きつけてきます。

「ウォーターライドだ！」

とも君が、夏になると遊園地で楽しみな乗り物の一つです。

車は水の中をウオーターライドのように進んでいきます。

「すごい、すごい」

とも君は大はしゃぎです。

突然、ゴーという音がして、大きな影が横にせまってきました。

「わっ、クジラだ」

「さすがに、水があるとはいっても、クジラは道路を泳げないよ」

運転しているパパが言いました。

そのとき、確かに大きなクジラが車の横を泳いでいきました。

「ほんとだ。クジラだ」

「クジラだよね」

とも君は得意そうです。

大型トラックが走り去っていきました。

そのトラックの横に大きなクジラが勢いよく泳ぐ姿が描かれていました。

雨がシャワーから細かい霧《きり》になって、周りが白く煙のようです。

「真っ白だ」

そのとき、黄色い何かが浮かびあがりました。

「あっ、おサルさんだ」

とも君が言いました。

「えっ、どこ？」

ママが横から身をのりだしてきます。

「今、黒いおサルさんがいたんだよ」

「おサルさんって、茶色じゃない？」

不思議そうに、ママが言います。

「黄色いクッションの上にすわっていたんだよ」

とも君は一所懸命《いっしょけんめい》に説明します。

「おサルさん、この雨の中で大丈夫かしらね」

「お家の中にいたほうがいいよね」

とも君も心配そうです。


いくつものトンネルをぬけるころには、雨も小降りになってきました。

車は、高速道路を下りて、山道を進んでいきます。

「あっ、シカさんがいた」

「どこ?」

ママが聞きます。

「あそこ!」

とも君が指さすところにいたのは、シカの絵の描かれた黄色い標識でした。シカの絵の下には「動物注意」と書かれています。

「ほんとだ、よく見つけたね」

ママは笑って言います。

「さっきは、おサルさんだったんだよ」

「こっち」

道が二つに分かれていて、どちらに行くか、パパが迷っています。

「どっちの道かなぁ」

とも君が迷わず言います。

「シカさんがいるほうだよ」

シカの標識があるほうの道のことです。

「おばあちゃんが、今日行く温泉はシカが教えてくれるって言ってたよ」

パパは今日行く温泉について思い出しました。

その昔、道に迷った旅人が、出会ったシカについて行ったところ、温泉にたどり着いたというお話です。

温泉宿に無事到着しました。

「おじいちゃんに、しっかりと温泉に入ってこいって言われた」

とも君はもうすぐにでも温泉に入りそうです。

「温泉は体と心をあったかにして、強くなれるんだって」

とも君は、あたたかい心をもった、強いヒーローになりたいのです。

だからとも君は温泉が大好きです。

薬師堂《やくしどう》にて

石の階段を見上げると、上の方は緑の木々がやさしく包んでいるみたいです。

「わぁ、高い」

石段を一段上がって、とも君が言いました。

「行くぞ！」

「気をつけてね」

ママの言葉を聞く前に、とも君はもう上り始めています。

速い。速い。

とも君はあっという間に石段の真ん中です。

「もう、あんなところにいるぞ！」

パパがびっくりしたように言っているのが聞こえます。

ママとパパは、まだ、石段の下にいます。

「一番！」

とも君は石段の上に立って、大きな声で言いました。

石段の上には、小さなお堂《どう》がありました。

ふりかえって下を見ると、ママとパパは石段を上がり始めたところでした。

そのとき、突然、とも君の前に大きな人影が現われました。

「わぁ！」

とも君は驚いて、その場にしりもちをつきそうになりました。

「ごめん、ごめん。驚かせちゃったね」

知らないお兄さんが微笑《ほほえ》んでいます。

「どうした？」

パパが石段を上がってきて、のんびりと聞いてきました。ママも、そのあとにいます。

お兄さんはお堂のほうをふりかえって、一礼すると石段を下りていきました。

「？」

とも君は不思議そうな顔をしていました。

「どうしたの？」

ママが聞きました。

「あのお兄さん、いなかったんだよ」

「どういうこと」

「ここに着いたとき、誰もいなかった。ぼく、一番だった。でも、下のパパとママを見たあとにふりかえったら、あのお兄さんがいた」

「それは不思議ね」

「ここは薬師堂《やくしどう》だから、このお堂にいる薬師さまが用事があってお出かけしたのかもしれないぞ」

パパがお堂を見ながら言いました。

（そうか、薬師さまも出かけるときは、普通のズボンとシャツを着るんだ）

「お参《まい》りをしていきましょう」

お堂の前でママが言いました。

「あれ、誰かいるよ」

お堂の中をのぞきこんで、とも君が言いました。

「ほんとだ。これは仁王《におう》さまだね」

お堂の中に一体の仁王像がありました。

「きっとお堂を守る仁王さまだよ。左右に一人ずつ立っていることが多いんだけどね。ここは一人でがんばっているんだね」

「強そう」

お参りをすませて、上ってきたときよりも慎重に石段を下りました。


宿に戻ると、旅館の女将《おかみ》さんが出迎えてくれました。

「お散歩はどうでした？」

「とても楽しかったです」

とも君は元気に答えます。

「川向こうの薬師さんには行ってきましたか?」

「仁王さまが一人で、お留守番してました」

「一人? 薬師さまのところは、仁王像が左右に立っていませんでしたか?」

「いいえ。確かに仁王像は一体でした」

パパも言いました。

「そうだ! あのお兄さんだよ。あのお兄さんが仁王さまだったんだよ」

とも君が得意そうに言います。

「オニに会ったんですか⁉」

女将さんが驚いていましたが、ママが「いいえ……」と笑いながら説明しました。

その夜、とも君は遊び疲れてぐっすりと眠ってしまいました。

「でも確かに一体だったわよね。そんなことがあるのかしら」

「明日、また、薬師堂に行ってみようか」

そのころ、お堂では、昼間に修理のため運び出されていた仁王像が安置されていました。

そしてあのお兄さんが、お堂の点検をしています。

「よし、これで大丈夫」

とも君は夢の中で、仁王さまのお兄さんとヒーローごっこをしていました。

河童淵《かっぱぶち》で

「つり橋がある！」

川に沿って歩いていくと、木々の間から突然橋が現れました。

「渡ろう！」

とも君は、もう渡る気満々です。

「道はまっすぐだと思うんだけど……」

「川づたいに行けば、また、こちら側に渡れるよ」

ママとパパが話しているうちに、とも君はもう橋を渡っています。

「すごい。下が見える」

橋の板の間から川の流れが見えます。

とも君もさすがに、ちょっと怖くなってゆっくりと歩き始めました。

パパとママも追いついて、三人で橋の真ん中に立ちます。

木々の緑の中を川の水がキラキラ光っています。

「川のところまで行ける？」

「ここからは川原には下りられないけど、少し先に行けば下りられるところもあるかもね」

パパが答えます。

「水は冷たいかなぁ」

「まだ、水遊びには早いかもね」

ママが答えます。

「あっ、何か動いた！」

とも君が叫びました。

「あそこ。あそこ」

とも君が指さす方向を見ますが、わかりません。

「水の中からまるいのが出てきた」

しばらく三人で川とにらめっこしていましたが、何も出てきませんでした。

川沿いの道を進んで行くと、小さな池がありました。

「わぁ、何かいるかな」

「危ないから、あまり近くに行かないでね」

ママが心配そうに言いました。

「わかった」と言いながら、とも君は身をのりだしてのぞきこんでいます。

「何か動いてる！」

「どこ？」

ママものぞきこみます。

「どこだい？」

パパものぞきこみます。

結局、何だかわかりませんでした。

「でも、さっきのまるいのに似てた」

川に沿って進むと、さっきよりも大きな橋に出ました。ここを渡れば、元の道に戻れます。

「あっ、さっきのがいた！」

橋の横には、木の看板があります。そこには「水遊びは危険」の文字と一緒に河童《かっぱ》が描かれていました。

「いないなぁ」

とも君は川に沿って歩きながら、ときどき立ち止まって、川の中を見ています。

「川に落ちないでね」

「そんなに簡単には見つからないよ」

「おーい。出ておいで」

とも君は河童さんに声をかけてみることにしました。

でも残念ながらお返事はありませんでした。

宿に帰ると、「おかえりなさい」と女将さんが出迎えてくれました。

「かわら川はきれいでしたでしょう」

「川に入ろうとしたら、河童さんが危ないからダメって言ってた」

「橋のところの看板ですね」

「ほんとの河童さんに会いたかったなぁ」

「それなら、河童淵《かっぱぶち》に行くといいですよ」

女将さんが微笑みながら言いました。

「えっ、どこ？　行ってみたい」

「つり橋を渡って少し行くと小さい池があって、そこが河童淵って言われているんですよ」

「そこ、行ってきたよ」

「ほんとに？　よくわかりましたね。川の水が多いときにしか水がたまらないから、なかなか池とわからないんですよ」

きっと、雨で水かさが増していたのでしょう。

「そこで、河童さんにちょっと会ったよ」

「それはよかったですね。また、会えるといいですね」

女将さんはとも君にそう言うと、「私もそこで河童さんに出会ったのよ」とうれしそうにつぶやきました。

射的《しゃてき》

伊香保温泉の石段街に来ました。

「すごいぃ。上が見えないよ」

とも君は石段を二段上がって、ふりかえって言いました。

「早く行こう」

あっという間に五段目です。

「ちょっと、待ってよ」

ママが追いかけます。

パパは周りをながめながら、ゆっくり上って行きます。

パン！

するどい音が聞こえてきました。

「何？」

とも君は音のするほうに行ってみます。

小学生くらいの男の子がいます。おじさんもいます。

みんな長いてっぽうをかまえています。

パン！

棚のちっちゃな箱が落ちました。

「やった！」と言って男の子はガッツポーズです。

「あれ、何？」

とも君は目をキラキラさせています。

「射的《しゃてき》だよ。てっぽうであの箱をうつんだ」

パパが教えてくれました。

「やる！　やりたい」

とも君はやる気でいっぱいです。

箱に当ててよろこぶ小学生の横では、「あの箱、当たったのにたおれないぞ」と、おじさんがつぶやいて首をかしげていました。

「先のところを箱に合わせて、ようくねらうんだよ」

お店のおばさんがやり方を教えてくれます。

とも君は両手でてっぽうを抱えて、ねらいを定めます。

パン！

弾《たま》が飛んでいきましたが、箱の上のほうに飛んでいきました。

「おかしいな」

とも君はまっすぐ箱をねらっていたのですが当たりません。てっぽうのレバーを引いて弾をこめるのはパパにたのみます。まだ、レバーをカチャッとセットするのは難しいからです。長いてっぽうの先に弾をこめるのも大変です。

とも君は用意できたてっぽうをかまえます。そして、ねらいを定めます。今度も、まっすぐ箱に向いています。

今度は、パパがとも君の腕をちょっとだけ支えてくれます。

パン！

音と同時に箱がゆれました。

「当たった！」

とも君ではなく、ママが大きな声で言いました。とてもうれしそうです。

「やった！」

とも君もうれしくなってガッツポーズです。

「すごいじゃないの」

お店のおばさんもほめてくれました。

「当たったのに落ちなかったなぁ」

パパもニコニコしています。でも、ちょっと首をかしげながら。

「次はがんばる！」

準備ができて、再挑戦です。

ねらいを定めます。とも君の腕をパパが支えます。引き金を引きます。

パン！　パシッ！

箱に当たった音はしました。

「あれぇ？」

箱が後ろに斜めになって立っています。たおれるのをこらえているようです。

「あの箱、がんばり屋さんだね」

とも君が言います。

「ほんとね」

ママが微笑みます。

「おかしいね」

おばさんが言いながら、棚を確かめます。

「あれまあ」

おばさんが声を上げました。

なんと、箱の底の部分の包装シートのシール部分が棚にはりついています。

「これじゃ落ちないよ」と言って、おばさんがもう一発弾をくれました。

さあ、もう一度です。

パン！

「あれっ？　当たったのになぁ」

とも君は、弾の入ってないてっぽうをかまえると、ねらいを定めて、「パン！」と言いました。

すると……とも君の声に合わせ、箱がおじぎをするように前にたおれて落ちてきました。

「はい、豪華賞品だよ！」

おばさんが大きな声で言いました。

ママとパパも、「すごい、すごい」とよろこんでいます。

とも君は射的が大好きになりました。

とも君の挑戦

――小学校編

風の精

「風が強いから、気をつけて行くんだよ」

おじいちゃんが玄関のドアを開けて見送ってくれます。

「行ってきまぁす」

とも君は小学一年生です。

昨日は小学校の入学式でした。今日から、一人で登校です。

背中でランドセルがカタカタと音を立てています。

小学校の校庭に沿って道があります。その道を曲がってすぐに校門があります。

とも君の前のほうを、黄色いランドセルと水色のランドセルの女の子がならんで歩いています。

二人が角を曲がった瞬間です。
突風が吹きつけてきました。
とも君は、その場に立ち止まって風にたえました。
風がやんだので、校門に向かいます。
角を曲がると、校門に入っていく二人の後ろ姿が見えました。
ピンクのランドセルと水色のランドセルの子がならんで歩いています。
あたりには校門のところにある桜の木の花びらが舞っています。
（あれ？　黄色いランドセルじゃない）
まるで桜の花びらでピンクに変わったみたいです。
なんでだろうと思いながら、それでも無事に学校に到着しました。

教室に入ると先ほどの二人がいました。
ピンクのランドセルの子は隣の席です。
ランドセルは何度見てもピンクです。黄色ではありません。

とも君がちらちらと見ていると、その子がニコッと笑って得意げに言いました。

「この色、いいでしょう」

とも君は、何と言ったらいいのかわからなかったので、ただうなずくだけでした。

「桜の色なんだよ」

女の子が言います。

そのとき、チャイムが鳴って、先生が教室に入ってきました。


今日から一週間、一年生は午前中で学校がおしまいになります。

だからあっという間に時間は過ぎていきます。

自己紹介では一人ひとり名前を言いました。隣の席の子は「さくら」ちゃんという名前です。

（だから、桜の色が好きなのかな）

とも君は、そのとき、そんなふうに思いました。

帰りの挨拶《あいさつ》があって、イスを机の下にしまいました。

「じゃぁね」

さくらちゃんが言いました。

とも君は思いきって聞いてみました。

「あのさぁ。朝、ランドセル、黄色くなかった?」

「えっ、なんで知ってるの」

「朝、後ろを歩いてたから」

「そうなんだ」と言いながら、さくらちゃんは目をキラキラさせています。

「なぜだと思う?」

「あのとき、桜の花びらが風ですごかったから、それでピンクになったように見えた」

「そう。その通り。桜色になったんだよ」

さくらちゃんはうれしそうです。


「ただいま」

「おかえり」と、すぐに玄関でおじいちゃんが迎えてくれました。

「風が強くて大変だっただろう」

「うん。でも、朝、おもしろかった」

とも君は、朝の出来事を話しました。

「それは、きっと風の精が魔法を使ったんだろうな」

「風の精って、どんな妖精？　一緒に桜の精もいたのかな」

その夜、お母さんがお父さんと話をしています。

「今日、交通安全のカバーをランドセルにつけるの忘れちゃった」

「今は明るいうちに帰ってくるから大丈夫だと思うけど、やっぱりつけておいたほうが安全かな」

「黄色は目立つから、一年生はつけておいたほうがいいみたい」

「せっかくランドセルにはいろんな色があるのに、全員黄色になっちゃうね」

とも君のランドセルは黒ですが、カバーをつけると黄色になります。

さくらちゃんのピンクのランドセルもカバーをつけると黄色になります。

そのカバーがはずれたのは、果たして風のせいだったのでしょうか？

運動会の謎

五月三日は親子運動会です。

小学校の校庭には、朝早くから人が集まって準備をしています。

とも君も早起きをして、お父さんと準備に行きました。

いつもの小学校がなんだかお祭りのようです。

町内で分かれたテントの前に、それぞれの町内ののぼりが立っていて、風にゆれています。

「とも君、おはよう」

二年生になって同じクラスになった、こうちゃんが走ってきました。こうちゃんは隣の町内です。

「こうちゃんは何に出るの？」

いつもはクラスで仲良しですが、今日は町内対抗なのでライバルです。

きっと、徒競走《ときょうそう》で勝負することになります。

「お互いがんばろうね」

こうちゃんが言いました。

「うん。がんばろう！」

とも君も大きな声で答えました。

綱引きや玉入れ、借り物競争と続いて、いよいよ徒競走です。
学年ごと、町内ごとにならんで順番を待ちます。最初は一年生のレースです。その
あとに二年生のレースが続いて行われます。
一年生は三レース。二年生は五レースです。
一年生の最後の組がスタートラインにならびました。「用意」の声に続いてピーッ
と笛が鳴り、いっせいにかけ出します。
いよいよ二年生の番だと思うと、ドキドキしてきます。

とも君は三レース目です。

途中まで一緒にならんでいたのに、整列すると、こうちゃんは二レース目になってしまいました。

「勝負は、この次だね」

「これで、二人とも一位になれるね」

とも君は、ちょっとホッとしました。本当は、こうちゃんとは競争したくはなかったのです。

こうちゃんがふりかえって、Vサインを出してから、スタートラインに立ちます。

ピーッ！

スタートしました。

「がんばれ！　こうちゃん」

とも君は声援を送ります。

こうちゃんは一番で走り出しましたが、強敵に最後にぬかされて二位になりました。

ちょっとくやしそうです。

「位置について」

スタート係のおじさんが言います。

ドキドキは最高潮です。

横を見ると、みな同じように真剣な表情です。同じクラスの子や隣のクラスの子もいます。

（あれ？　誰かな）

一人、帽子をかぶっている子がいます。帽子をかぶっているので顔が隠れて誰だかわかりません。白いTシャツに紺色の体育着の長ズボンです。

「用意」

レースに集中です。

ピーッ！

スタートです。

とも君はゴールめがけて、全速力で走ります。途中から前を行く背中が二人になりました。

一人ぬいたとき、後ろからせまってくる気配がしました。帽子をかぶっている影が見えました。

負けないぞと思い、もっとスピードをあげました。

あと少しで前を行く子をぬけそうでしたが、二番でゴールしました。

二位の着札をもらって、賞品所に行く途中で周りを見まわしても、すぐ後ろにいたはずの、あの帽子の子がいません。

（後ろを走っていたはずなのに）

ゴールした子はみな賞品所にならんでいます。

「とも君、速かったね」

こうちゃんが髪の長い白いTシャツの女の子と歩いてきました。

「今度は負けないから」

女の子が手に持った帽子を振りながら言いました。

魔法の釣《つ》り竿《ざお》

緑の中、水の流れる音がします。

ケキョ、ケキョ。ピュウルル、ピュウルル。

鳥の鳴き声が聞こえます。

「あっ、川だ」

とも君が歓声を上げました。

「流れが少しゆっくりになっているところがいいね」

お父さんが言いました。

とも君は長い棒、釣《つ》り竿《ざお》を持っています。お父さんは青いバケツを持っています。

お母さんはカメラで写真を撮っています。

ここのところ、少し暑くなってきました。

「まだ、夏には早いなぁ。でも涼しい山へドライブに行こうか」

「帰りに日帰り温泉に寄るのもいいわね」

こんな話で盛り上がった日曜日の朝でした。

とも君は、前の日のテレビでやっていた「魚釣《つ》り」を思い出しました。

三年生になって、ちょうど理科の勉強が始まって、「水の中の生き物」をやっているところでした。

山の川で魚を釣るのは、とても楽しそうでした。

「魚釣りをしてみたい」

とも君の提案で魚釣りに行くことになりました。


「初めてだから、釣り堀でいいんじゃない？」

「山の中の川で釣りというのはちょっと大変だよね」

お母さんとお父さんが行き先を考えます。

とも君はニコニコしながら聞いています。

「そうだ。山の中ではないけど、川釣りのできるところに行こうか」

どうやら自然公園の中に、川が流れていて、釣りができる場所があるようです。

「そこがいい」

とも君は大よろこびです。

公園の入口で釣り券を買いました。それを持って地図に描いてある山小屋まで歩きます。

山小屋では、おじさんが「長いのと短いのと、どっちがいい?」と聞いてきました。

「よく釣れるほう!」

とも君は迷わず言います。

おじさんが笑いながら、「じゃあこっちだ」と短いほうの釣り竿をくれました。

「これは魔法の釣り竿だからね。きっと釣れるよ」

お父さんがバケツとえさの入ったカップを持ってくれました。

お母さんはカメラマンです。

「ここにしよう」

ちょっと流れがゆっくりになって小さな池のようになっているところに来ました。

「あっ、魚がいる」

とも君の前をあっという間に、大きな魚が泳いで行きました。

お父さんがまるめたえさを釣り針につけます。

とも君はそうっと釣り糸を川の中にたらします。釣り糸が川の流れにのります。

次の瞬間、釣り糸が流れとは違う動きをしました。何かに引っぱられます。

「動いてる！」

お父さんに「ゆっくり上に引き上げてごらん」と言われたのですが、突然、手応えがなくなりました。釣り針が川の上に出てきました。

「おしかったね。もう少しで釣れそうだったね」

お母さんが写真を撮るのも忘れて、興奮したように言います。

再チャレンジです。釣り糸が引っぱられるタイミングで、うまく上げなければなりません。

「きた！」

とも君は慎重に、でもすばやく釣り竿を引き上げます。水しぶきをきらきらと光らせて魚が躍っています。

「やった！」

見事に釣り上げました。

お母さんも今度はしっかり写真を撮りました。

バケツに魚を入れて、山小屋に釣り竿を返しに行く途中、川が広くなっている場所に出ました。たくさんの人が両側で釣り糸をたれています。

なんと、ここが本当の（?）釣り場だったようです。

動くセミのぬけがら

ミーン、ミン、ミン。

セミの合唱です。暑い夏がやって来ました。

とも君は、夏休みの自由研究を何にするか考えています。四年生になると、自分で考える勉強が増えてきます。

「セミのぬけがら、探してみようかな」


夏休みに入ってすぐに伊香保《いかほ》温泉に行きました。とも君は温泉が大好きです。

朝、お父さんと一緒に旅館の外に出て、道をはさんだ向こう側にある露天《ろてん》風呂に行きました。

入口のところに大木があり、枝が伸びています。

「見てごらん」

お父さんが、葉っぱの裏側を指さしました。

「何かいるの？」

とも君がこわごわとのぞきこむと、ずんぐりとした茶色いものがついています。

「セミのぬけがらだよ」

近くで見てみると、少し透明《とうめい》で中が空っぽの、プラスチックでできた虫の模型みたいでした。でも、そのときはさわれませんでした。


「いろいろなセミの種類があるんだぁ」

とも君は、セミについて昆虫図鑑で調べてみました。当然、ぬけがらもいろいろあるみたいです。

「ここら辺にもあるかなぁ」

窓の外からセミの鳴き声が聞こえます。これだけ聞こえるのだから、きっとあるはずだと思いました。

「よし、探しに行こう」

最初に向かったのは小学校の校庭です。夏休みに入ってから、毎日、朝のラジオ体操に来ています。

そのとき、木の下に穴がいくつもあるのを見つけました。

「これがセミの穴かな？」

セミについて調べてみると、どうやらセミの幼虫が地中から出てきた跡がこのような穴になるとわかりました。穴があるということは、セミの幼虫が出てきて、セミになったわけですから、ぬけがらもあるはずです。

穴の周りを探してみましたが、ぬけがらはありません。温泉のときは、葉っぱの裏側にあったことを思い出しました。周りの木の葉を調べることにしました。

「あった！」

根元から幹《みき》をたどって枝を見上げると、葉っぱの裏側にぬけがらがあります。

「あっ、向こうにもある」

隣の木の枝の葉っぱにもあります。

「でも、手が届かないなぁ」

セミのぬけがらを集めようと思っていましたが、そう簡単にはいかないようです。もっと下のほうにはないのかなぁと思いながら、幹のあたりを探します。すると、根元に近い幹のところにセミのぬけがらがあります。でも、葉っぱのところのぬけがらにくらべると、泥だらけで黒っぽい感じです。

（もっときれいなのを探そう）

別の木の根元や幹を見て回ります。

どれくらい探したでしょうか。

ちょうど、とも君が手を伸ばすと届くところに、半透明なきれいなセミのぬけがらがありました。

とも君は、そうっと、そのぬけがらを幹から取り、手のひらにのせました。まるで、今にも動き出しそうな感じです。

「あれ？　場所が変わった？」

最初に見つけた泥だらけのぬけがらが、さっきよりも上のほうにあるように思います。

そのあとも探しましたが、枝のほうには見つかりますが、根元のほうには見つかりません。

帰る前に、もう一度、泥だらけのぬけがらを見に行きました。

「あんな上にいる」

泥だらけのぬけがらは、幹の上のほう、枝の近くに移動していました。

じっと見ているとそれは少しずつ動いています。なんと、ぬけがらだと思ったものはセミの幼虫だったようです。

「がんばれ！」

とも君は、幹を上るセミに声援を送りました。

次の日、ラジオ体操に行ったとき、昨日のセミを見に行きました。

幹の上のほう一番高いところに、きれいなぬけがらが朝の光にきらきらと光り輝いていました。

迷路の迷子

自転車が風を切って進みます。

秋晴れの気持ちのよい土曜日。

とも君は、こうちゃんと市民公園に向かっています。期間限定の冒険迷路があると聞いて、挑戦するためです。

公園に到着すると、大変なにぎわいです。小さい子もいっぱいいます。

「いっぱいだね」

とも君の言葉に、こうちゃんが答えます。

「迷路、大混雑かな?」

公園の放送が聞こえてきます。

「広場でさくら丸ショーが始まります」

さくら丸は、この公園のキャラクターで、この公園は春にはさくらの名所としてにぎわいます。

それで混んでいるのなら、迷路のほうは大丈夫そうです。

公園の入口の地図で迷路のある場所を確かめます。広場をはさんだ丘の向こう側が運動会やお祭りなどを行う運動場です。

広場の横をぬけて、丘をこえて冒険迷路をめざします。

丘の上に来ると二人は歓声を上げました。大きな迷路が見渡せます。

「すごいね！」

「おもしろそう！」

迷路の中に、人の姿があちこちに見えます。みんな、迷っているようです。

迷路の四隅に横断幕《おうだんまく》が見えます。手前の幕に「スタート」と書いてあります。向こう側に見える幕には「ゴール」と書いてあります。

二人は「スタート」に向かってかけ出しました。

「よし、ここからは競争だ」と、こうちゃんは一足先に迷路に入っていきました。

とも君は、入口を見上げて、スタートを確認してから中へ入りました。

通路は思ったより広く、壁は高く、隣の通路がどうなっているかまったくわかりません。先に入った、こうちゃんの姿はすでにありません。

(出られなくなったらどうしよう?)

ちょっと怖くなりましたが、同時に、こうちゃんより先にゴールしようとも思い、とにかく前進あるのみです。

右へ、左へ。しばらく進んでも、誰とも会いません。不安になりました。

(みんなが出口に向かっているのだから、あたりまえかぁ)

と、そのとき、角を曲がると目の前に男の子が飛び出してきました。

「あおい!」

「わっ、走ると危ないよ!」

男の子が違ったという顔をして、立ち止まります。

とも君は黄色のTシャツを着ています。ハーフパンツは濃い緑です。

（青いって何？）

男の子は「ごめんなさい」と言ってから、「お姉ちゃんが迷子で、さがしているの」と言います。

「一緒にさがそう！　でもまずは、この迷路から脱出しよう」

きっとお姉さんは出口にいるに違いないと、とも君は考えました。

男の子に名前を聞くと、「ぼく、まー君」と元気に答えました。

とも君は、まー君と手をつないで、出口をめざしました。何度も角を曲がり、このころにはすれ違う人も多くなってきました。

角を曲がったとたん、「出口」の文字が見えました。

「あそこだ」

とも君とまー君はかけ出しました。

出口を出ると、まー君はそのまま、かけていきます。

「あおい！」

そこには赤いTシャツの女の子がいます。

青いじゃなくて赤いってこと？

「あのお兄ちゃんがつれてきてくれたの」

まー君が女の子に言います。

その女の子は、前に親子運動会で競争した子だと気づきました。女の子の名前は「あおい」ちゃんでした。

このとき、とも君はこうちゃんのことをすっかり忘れていました。

消えたとも君

大変だ！

とも君が消えちゃった？

こうちゃんは市民公園の広場まで戻ってきました。

ここに来るまでに、丘の上をさがしたり、迷路の中をゴールから逆にスタートまで戻ってみたりしました。

二人で競争だと入った冒険迷路でしたが、ゴールの外で待っていても、とも君が出てきません。心配になったこうちゃんは、来た順に公園入口の二人で見上げた地図のところまで戻ってみようと思いました。

とも君はいったいどこへ行ったんだ？

こうちゃんは周りを見まわしながら急ぎます。

「こうちゃん。慌てて、どうしたの？」

さくらちゃんがニコニコしながら近づいてきました。

「とも君、見なかった？」

こうちゃんは聞きました。そして、ここまでの話をしました。

こうちゃんの話をさくらちゃんは真剣に聞いてくれました。

「ここは通っていないと思うよ」

この広場を通らないと公園の入口には行けません。

「まだ、迷路の中を迷っているんじゃない。出られずに助けてって」

さくらちゃんが、なんだか怖いことを言います。

「もう一度、迷路に行ってくる」

こうちゃんが戻ろうとすると、「わたしも一緒にさがしてあげる」と言って、さくらちゃんも来てくれました。

広場のステージではまだ、キャラクター「さくら丸」のショーが続いています。さくらちゃんは妹とお母さんと一緒にこれを見に来たそうです。でも「前に見たのと同じだからいいんだ」と言います。

「ショーが終わるころに戻れれば大丈夫だから」

二人で歩きながら、丘の上に来ました。

公園入口からすぐに広場があって、丘をこえると運動場があり、そこに期間限定の冒険迷路がつくられています。

丘の上から迷路が見渡せます。

「あの『スタート』から競争したんだ」

迷路の入口の上に横断幕で「スタート」と書いてあります。反対側の一角には「ゴール」の文字が見えます。

「ゴールを出たところで待ってたから、出てきたのがわからないわけはないんだ」

こうちゃんは自信をもって言います。

とも君は本当に消えてしまったのでしょうか？

「あの横のところは何？」

さくらちゃんが聞きます。迷路のスタートとゴールの幕のところとは別の両側からも、人が出てきたり、入っていったりしているように見えます。

「行ってみよう」

こうちゃんとさくらちゃんは急ぎ足で、丘を下り、迷路に向かいます。

さっき入った「スタート」から迷路の壁づたいに横へ回っていきます。迷路の外をぐるっと回る感じです。しばらく行くと、なんとそこには「スタート」の横断幕があるではありませんか。

「えっ？　どうして」

こうちゃんは見上げて、びっくりしています。「スタート」はなんと四か所にありました。ということは、迷路の中から出るところも同じく四か所あることになります。

「こうちゃんが出たところと、とも君が出たところは、きっと別の出口だったんだよ」

さくらちゃんが説明します。

「ああ、いた。こうちゃん、遅かったね」

そこでは、とも君がニコニコしながら待っていました。

得意そうなとも君に、こうちゃんはこれまでのことを説明しようとしましたが、とも君と一緒にいる二人を見て、びっくり。こうちゃんのいとこのあおいちゃんとまー君です。二人にも冒険迷路のことを教えてあげようと思っていたからです。

こうちゃんは、迷路の謎を話し始めました。

あおいちゃんからの挑戦状

「今度は負けないから」

（前に勝負をしたっけ？）

とも君は、最初そう思いました。でも運動会のことをすぐに思い出しました。

「次はかるたで勝負だよ！」

この「かるた」は子供会のかるた大会のことです。毎年十二月に練習、一月に大会があるのです。


こうちゃんが手紙を届けてくれました。

「ラブレターかもよ」

こうちゃんがにやにやしながら、のぞきこみます。

「あおいからの挑戦状」

そこにはそう書かれていて、「上毛かるたで勝負しよう」ということでした。

毎年、六年生が中心となって町内での練習会が行われます。

とも君も六年生チームの一員として大会に参加することになります。昨年も五年生チームで参加しました。

「よし。負けられないぞ」

気合が入る、とも君でした。

十二月に入り、かるた練習が始まりました。夕方六時半に集まり八時まで練習します。保育園の年長さんから六年生まで町内の子が集まって行われます。時々、中学生が相手をしてくれます。

毎日、対戦相手を変えて、個人戦や団体戦の練習試合を続けます。団体は三人で一チームです。

始まる前と途中の休憩は、みんなで走り回って追いかけっこをしています。休憩のときは、思いきり体を動かしているのです。

練習が始まって間もなく、今年の団体メンバーが決まります。高学年チームと低学年チームのメンバーが決まるのです。

予想通り、昨年の五年生チームがそのまま六年生チームになりました。さくらちゃんと、ももかちゃん、とも君の三人です。

「めざせ！　優勝！」

さくらちゃんとももかちゃんが盛り上がっています。

市大会で優勝すると県大会に出られます。

「強敵はやっぱりけぞうじ町？」

市大会は町内対抗で行われます。対戦相手によって決勝まで行けるかが決まります。勝ち上がっていって、決勝まで進んで優勝したいと思っています。

（できればけぞうじ町とは決勝で戦いたいな）

ひそかに、とも君は思いました。

「ところがね」

さくらちゃんが言うには、昨年度優勝したけぞうじ町五年生チームの主要メンバーの一人が引っ越してしまったというのです。

「それって、わたしたちにも優勝のチャンスがあるってことだよね？」

ももかちゃんが勢いこんで聞きます。

絶対的な強さをもつけぞうじ町チームに勝てるかもしれません。

「あおいちゃんが、いなくなちゃったんだよね」

さくらちゃんが、ちょっと寂しそうに言いました。

とも君は聞いていて、そうだったんだと思いました。なぜか胸がちくりとします。

あおいちゃんは当然、今年もけぞうじ町チームで出るつもりでいたに違いありません。そしてとも君は、むねたか町チームで出てくるはずだと思っていたのでしょう。

だから、そこで勝負しようということだったのです。

とても残念な気持ちになりました。

（でも、優勝に近づいたことはちょっとうれしいかも）

どうにも複雑な感じです。

（とにかくがんばるしかない）

一月の市大会はとても寒い日でした。凍えそうな中、それでも熱い思いをもって、むねたか町チームは激戦の上に見事、優勝しました。

そのあとも、かるた練習の特訓が続きました。

そして、迎えた二月の県大会です。

「とも君、いよいよ勝負だね」

会場には、前橋市の代表チームのメンバーとして、あおいちゃんが来ていました。

もちろん、応援には弟のまー君もいます。

とも君はとてもうれしくなりました。

のぞむところだ！　いざ、勝負！

探偵君の日々

——中学校編

◗ 図書室の謎 ◖

図書室はいつも静かだ。

人がいないわけではない。

話し声がまったくないわけでもない。

それでも、静かな空気が流れている。

図書の貸出カウンターに座って、見まわしていると不思議と一人ひとりの動きが目に入ってくる。一人で本の背表紙をにらみつけていたり、二人でじゃれ合いながら、「絶対これがおもしろいんだ」と言っていたり、次から次へと本を棚から出していたりと、さまざまな動きと音がある。

特に変わったこともない、いつもの風景にほっとしながら、読みかけの本を開いた。

返却や貸出の生徒が来たら対応する。それまでは特に仕事がない。帰りの時間まで、ここで図書当番をするのが図書委員の仕事である。

各クラス二名の図書委員がいる。一週間交代でこの図書当番が回ってくる。今週は一年八組が当番で、二名が交互にやっている。一人、二回か三回。用事がなければ、大抵は三回やっている。


「あのう、すみません」

突然、声をかけられた。いつの間にか、カウンターの向こうに男子が立っている。

「『日本文学全集』って、どこにありますか?」

きっと一年生だ。本の場所を知らないからじゃなくて、ジャージの色でわかる。ということは同学年だ。

他のクラスなのでよくは知らない子だった。相手もそうだろう。だから、敬語での会話。

「確か、一番奥の左の棚だと思います」

本の整理をしていますと書かれたプレートをカウンターに出して、一緒に本棚に向かった。

「ここですね。あれっ？」

思っていたところに『日本文学全集』はあった。でも、違和感がある。本の何冊かが逆さまになっている。

「なんだ、これ」

思わず声に出してしまった。

直さなければと思って、本に手をかけようとすると、それまで後ろにいた一年生が慌てて声をかけてきた。

「ちょっと確認させてください」

何を確認するんだろうと思ったら、逆さまになっている本の題名を読み出した。

逆さになっている『三四郎』『夜明け前』。その隣になぜか『ドラえもん』の一巻がある。その隣は逆さまになった『雪国』だ。なんとその隣に『インドの歴史』がある。

その隣はまたしても逆さまになった『銀河鉄道の夜』。

（いったい誰がこんなことしたんだろう。というよりも何のために？）

「意味がわからない」とその一年生の男子は言った。そういえば名前を聞いていなかった。

名前を聞くと「一組の伊藤」と言った。

「なんで『日本文学全集』を見に来たの？」

「ちょっとたのまれて」

しどろもどろになって、なんかあやしい。

（なんで赤くなってるの？）

「実は、手紙をもらって」

ポケットから、小さくたたんであるピンク色の紙を取り出した。

（これは絶対ラブレターだ！）

「何て書いてあるの？」

「図書室の『日本文学全集』を見て。そのあとにハートマーク」

伊藤君はうれしそうに言った。

なんだよと思ったけど、本をこのままにもしておけないので、もう一度、棚をながめてみた。

逆さになっている『三四郎』
逆さになっている『夜明け前』
なぜかここに『ドラえもん』一巻
逆さまになった『雪国』
なんとここに『インドの歴史』
逆さまになった『銀河鉄道の夜』

（逆さまになっているってことは反対に読むのかな。『三四郎』は「うろしんさ」。なんだ、これ。あっ、そうか！　そういうことか。ならんでいる順に読んでいくと……）

「わかったかもしれない」
「どういうこと⁉」

伊藤君が真剣な表情で聞いてきた。

「逆さの最初の一文字、つまり最後の文字を読んでいくんだ」


『三四郎』は「う」

『夜明け前』は「え」

『ドラえもん』の一巻は「ん」

『雪国』は「に」

『インドの歴史』は逆さになっていないのでそのままの「い」

『銀河鉄道の夜』は「る」


「そして『三四郎』の前には、この本があるんだよ」

そこには、『こころ』があった。『こころ』が逆さではないのでそのままの「こ」。

「つなげて読むと……」

「『公園にいる』だ！」

伊藤君がちょっと大きな声で言った。

「ありがとう。すごいな、名探偵《めいたんてい》みたいだ」

伊藤君はそう言うと、図書室をバタバタと出て行った。

なんとも慌ただしかったけど、ちょっといい感じの放課後だった。

体育館の謎

「あれ、電気が点いてる」

塾の帰り道、学校の近くの道を自転車をこぎながら帰宅を急いでいると、体育館の窓に明かりが見えた。

（塾に行くときは消えていたと思うけど）

地域のスポーツクラブが夜間の練習で使っているのを聞いたことがある。

それかなと思った。

でも、十時半になろうとしている。

（こんな遅い時間までやっているかなぁ）

「ちょっと、見ていこうぜ」

塾の居残りで宿題を仕上げていて、一緒に自転車で走っていた光太郎君が、ふりかえって叫んだ。

さすがに門は閉まっている。道を回って、体育館の横の道に行ってみた。

「電気、点いてるけど、音しないね」

「前のほうだけ点いてる感じかなぁ」

光太郎君がのぞきこむように伸びあがって見ている。

「何かやってた地域の人たちが消し忘れたのかな」

「きっとそうだ」

光太郎君が強くうなずく。

「でも、最後に明かりを消すと真っ暗になるよ。もしも、前だけ電気が点いていたらわかるよなぁ」

「そうだよな」

光太郎君も首をひねっている。

「誰かいるのかな」

「こんな時間に誰かいるか」

光太郎君が怖いこと言うなよという感じで言いました。

「先生がいるのかもね」

「きっとそうだ。十時を過ぎると補導の対象になっちゃうぞ。早く帰ろうぜ」

二人は無理やり納得して家路《いえじ》を急いだ。

帰りながら考えた。

やっぱり誰もいなかったんじゃないかな。だって、体育館の前の駐車場にも、校舎の東側の駐車場にも車が一台もなかったから。先生や地域の人がいれば、車があるはず。

結果、やっぱり電気の点けっぱなしか、と考えた。


次の日、卓球部の朝練で体育館に行った。

一番乗りだった。電気が点いているかどうか確認したかったからだ。

玄関が閉まっていた。ということは、昨日の夜から中は変わっていないはず。

顧問の田口先生が来た。

「おはようございます」

挨拶をして、鍵を開けてもらって中に入った。

あっと思い、立ちどまった。

アリーナの電気は消えている。

卓球場は二階で、アリーナの照明スイッチは関係ないので、田口先生も気にしていないし、実際にそちらに行った様子はなかった。二階の照明スイッチは階段のところにある。

「どうした？」

田口先生が声をかけてきた。

そこで、昨日、塾の帰りに電気が点いていたことを話した。

「そんな遅い時間には、学校には誰も残っていないよ」と、田口先生も不思議そうに言った。

昼休み、廊下で光太郎君に会った。光太郎君は隣のクラスだ。

「昨日の夜はミステリーだったね。ちょっと怖かったよ」

光太郎君に朝の体育館のことを報告した。

「それじゃ、あの電気はやっぱり怪奇《かいき》現象かも」

「誰かの点けっぱなしだよ。きっと」

そう言うと光太郎君は首を横に振った。

「玄関を閉める前に消して、体育館の中は真っ暗になっていたって」

なんでも、光太郎君のクラスに地域のスポーツクラブにも入っている子がいて、ちょうど昨日の夜、練習に来ていたらしい。その子から聞いたのだそうだ。

「だから、誰もいないのに、電気が点いたり消えたりしたってことだよ」

不思議なことってあるんだと、二人で顔を見合わせているると声がかかった。

田口先生だった。

「朝の話だけど……」

田口先生は体育館の照明について確認してくれたらしい。

その結果、重大なことがわかった。

学校を閉めたあと、定期的に警備会社の人が巡回警備に来てくれている。昨日も夜の十一時に巡回に来た。そのときに、体育館に電気が点いていることに気がついて、中に入って電気を消してくれた。やはり体育館の電気は点いていたのである。

ところが、担当の先生が体育館の玄関の鍵を返しに来たスポーツクラブの人に、消灯・戸締りの確認をしたところ、「電気は消したし、もちろん鍵も閉めました」と言われたという。

それじゃ、誰が明かりを点けたのか。

体育館の点けっぱなしになっていた電気を消してくれたのは警備会社の人。その電気を点けたのは誰か。

放課後、卓球部の部活が終わるころ、アリーナには地域のスポーツクラブが集まってきていた。いつもより集合が早いようだった。

その中に光太郎君が話していた子、田島君がいた。

「これから練習、大変だね」

声をかけると、田島君は「慣れてるからね」と言った。

「昨日は何時までだったの」

「十時くらいだったかな」

帰りの様子も聞いてみた。光太郎君が言っていた通りだった。

「真っ暗になった中で、アリーナの照明スイッチが緑や赤に光っているくらいだったよ」

（そういうことか）

電気が点いたカラクリがわかった。


「そんなことがあるんだ」

数日後。今日も、塾で居残りで宿題に取り組んだ。

十時になってしまったので、慌てて荷物をまとめて、自転車置き場に急ぐ。

そこで、体育館の怪奇現象でわかったことを光太郎君に話した。

まず田口先生に体育館の照明について確認した。

体育館のアリーナの照明は水銀灯《すいぎんとう》というライトを使っていて、点いているのを一度消すとそのあと点けるとき、時間がかかることがある。体育館のアリーナの照明スイッチは点灯時は赤になり、消灯時は緑の色になる。

次にこの間、田島君から聞いた話。

真っ暗な体育館の中で照明スイッチが緑や赤に光っていた。

もしも、消灯したのなら緑一色になっていなければならないはず。ということは、消灯後にもう一度スイッチがオンになってしまったライトがあったということである。それが、時間がたったあとで点灯し、明かりが点いた状態になった。

二人は家路を急ぎながら学校の近くに来たとき、恐る恐る体育館を見た。しっかりと電気が消えていた。二人はほっとしながら、自転車をこぐ足に力をこめた。

机の中の手紙の謎

放課後の静かな教室。

二人の男子生徒がいる。

窓からは柔らかな西日が差しこんでいる。

「そうか。じゃあ行ってくる」

光太郎君は椅子《いす》から立ち上がった。

時刻は四時三十分。

「がんばってね」

椅子から立ち上がりながら光太郎君に言った。

光太郎君は教室から走って出ていった。

間に合うといいなと思った。鈴木さんはきっと待っているだろうから。

窓から外を見ると、自転車が門から走り出していくのが見えた。

昨日の放課後。

光太郎君は焦《あせ》っていた。慌てて教室に戻ってきた。塾へ行く途中で、筆箱を机の中に忘れたことを思い出したからだ。

教室に取りに戻ったところ、さすがに教室には誰もいなかった。

机の中を探す。筆箱はすぐに見つかった。

筆箱を取り出したとき、ぱらりと何かが床に落ちた。はがきを二つに折ったくらいの紙だった。

(何だろう)

光太郎君はその紙を拾った。二つ折りの紙を広げてみる。白い紙に何か書いてある。

(何かのメモかな。これって、慌てて書いたのかな。英語の筆記体のような感じ。かすれてもいる。最初は、アルファベットのSかな。三文字が書いてある)

横書きで書いてあり、二行目には「待っている」と読める。

(待っているって、誰を、俺のこと?)

光太郎君はどうしようと思ったが、次の瞬間、急いでいることを思い出した。

塾の時間に遅れそうだったのだ。


そして、今日の昼休み。

光太郎君から、相談があると言われて、中庭に来ている。

光太郎君は昨日の紙を家に帰ってからもう一度見直してみたという。

最初の一行目のアルファベットが、どうやら「SOS」と読めることに気づいた。

(どうしよう。もしも、SOS、助けてのメッセージだったら)

光太郎君の机の中に入っていたのは確かだから、相手が待っているのは光太郎君だとわかる。

光太郎君は、そのとき、ぼくの顔が頭に浮かんだという。密かに名探偵とうわさされているからだと言った。

光太郎君は昼休みにぼくと会う約束をすると、午前中の授業をそわそわとして、何とかやり過ごしたらしい。

そして、今、昨日のことを、メモ書きを見つけたときのことを話している。

「どうしたらいいと思う?」

予鈴が鳴った。五時間目が始まる五分前だ。教室に戻らなければならない。

「わかった。考えてみる」

そう言うと、心配そうな顔だった光太郎君がちょっと安心したような表情になった。

「たのむぞ。名探偵」


そして、放課後のこと。

教室には二人だけが残っている。

「どう、わかった?」

光太郎君が期待をこめて聞いてくる。

「わかった、と思う」

「いくつか確認するね」と前置きをする。

「紙が入っていたのは、昨日の放課後遅くだよね」

「そう。このくらいの時間。誰もいなかった」

「それから、これだけだったの？」

「書いてあるのはこれだけだった。もう一枚は何も書いてなかった」

「二枚重ねてあったんだ」

「二枚目のほうは何も書いてなかったので、捨てちゃった」

「これは手紙だよ」と伝える。

「手紙を出すときは文を書いた手紙の最後に一枚白紙の紙をつけたりするんだ」

折りたたむとそれが一番外側にくる。

「なんか国語のときにやった気がする。一枚目が手紙で二枚目が白紙になるってことだよね」

光太郎君が納得したように言う。

「でも、最近では白紙のものはつけないことも多いみたいだけど」

「そうか、きちんと手紙みたいにしたのか。出したやつはまじめなんだな」と光太郎君がつぶやく。

「だったら、ちゃんとあて名と名前を書いてくれればいいのに。やっぱ、どこかぬけてるやつだ」

　光太郎君の文句は続く。

「手紙にしては、読めない字で困るよ」

「これは走り書きで書いたり、雑に書きなぐったりしたんじゃないよ。草書体のような書道の書き方だと思うよ」

「えっ、そうなの⁉」

　光太郎君はメモ書きのようなもので、雑に書いたものだと思っていた。

（これが、ちゃんと書いた手紙だったの？）

「でも、内容は何？」

「『ＳＯＳ』と読むと、助けを求める救助信号だよね」

「どうしよう。助けてだったら」

「そのあとの『待っている』、いや、これは『待っています』かな。これはそのままの意味だよね」

　心配そうに言う光太郎君にわざとのんびりと答える。

「誰が、どこで待ってるんだよ」と焦る光太郎君に時計を指さす。

「待っているということは、いつとか、場所とかが、その前に書いてあるんじゃない？」

「『SOS』って場所のことか？　えっ、どこ？」

「いや、これはアルファベットじゃなくて、数字だ」

「『S』じゃなくて『5』ということ？」

　光太郎君が唖然《あぜん》として見ている前で、黒板にSOSと書いて、その下に5：05と書く。

「五時五分」

　光太郎君が叫んだ。

　でも、昨日の五時五分だと当然のことながらもう間に合わない。

　肩を落とす光太郎君。

「この手紙って、昨日の放課後だよね」

ということは、この手紙を光太郎君が手にするのは、普通に考えれば今日の朝ということになる。

「そうか、今日か！　まだ間に合う」

「誰からの手紙かわかる？」

「あっ、そうか。誰から？」

「これだけの文字が書ける人は、このクラスでは一人だけだと思うけど」

「書道の達人だ。鈴木さんだ！」

光太郎君はちょっと、いいや、かなりうれしそうに言った。

「たぶんね」

光太郎君は思い出した。鈴木さんに一昨日、「今度の書道展で入賞したら、お祝いにジュースをごちそうしてね」と言われていたことを。その発表が明後日の夕方だと言っていたことを。

「でも、場所は書いてないね」

さすがにこれだけの情報からでは場所は推理できない。くやしいが仕方がない。

「大丈夫。場所はわかるから」

鈴木さんが書道展は中央公民館で行われると言っていたのを思い出したのだ。

「五時までに行けるところだといいけど」

(ちょっと負け惜しみに聞こえたかな)

今は四時三十分。学校から中央公民館まで自転車なら三十分くらいで行ける。

「これから行ってみるね」

光太郎君は「さすが名探偵、ありがとう!」と言って椅子から立ち上がった。

「自転車でも、スピードは出しすぎないように」

光太郎君の後ろ姿に声をかける。

「了解」と言って、光太郎君が教室から飛び出していった。

さわやかな風がカーテンをはためかせて、放課後の教室を吹きぬけていった。

サキさんのささやかな謎

「寒くないんだろうか」

思わずつぶやいてしまった。

新聞を取りに、門のところまで出てきた。

朝は、みんなが忙しそうだ。今も家の前の道を、次々に自転車が通り過ぎる。

そんな中で目を引いたのが、白い人影だ。白い理由は、白の半袖シャツだからだ。見るとズボンも半ズボン。他の子どもたちが長袖、長ズボンの中でかなり目立つ。元気よく自転車は走り去っていった。

郵便受けから取り出した新聞とスーパーの広告らしきチラシを四角に折りたたんだものが手にある。ここのところ、新聞と一緒にこのたたんだチラシが郵便受けの中にある。

（はてさて、誰のいたずらやら。まぁ、危ないものではないだろう）

サキさんは玄関からちょっと歩いた先にある門の脇に立っていた。

今年で七十七歳、喜寿を迎えた。

新聞を門まで取りに行くのが一日の始まりである。

冬になると朝のこの一仕事もおっくうになる。寒いと歩くのが大変だから。

「白い」少年に気づいたのは、実はかなり前、四月のことだった。

毎年四月はいろいろな始まりを感じさせる。新しい始まりを最も感じさせるのが、学校の始まりのように思う。

桜の花は、以前は入学式の花だったように思うが、ここのところ三月下旬の小学校の卒業式の花になってしまったような気がする。

それでも桜の花が咲き、四月が始まると世の中は新しい一年が始まる。

特に朝はそれを感じる。

なんとなくせわしなく、慣れない雰囲気《ふんいき》で人々が行き交う通りを、新聞を取りに行ってながめる。

ワイワイと小学生が通り、ブカブカの制服を着た中学生が自転車で行く。そのあとに、高校生がスピードを上げて通り過ぎる。

中学生はすぐに体操着での登校に変わるようだ。そうなると高校生と中学生を見分けるのも楽になる。中学生が体操服で登校しだすと、ちょっとカラフルになる。なんでも学年によって色が違うらしい。青や赤、緑もある。

そんな中で白い体操服の子が通る。白いのは半袖だから。そして長めの短パンだ。あとで、中学生の孫から、「おばあちゃん、あれはハーフパンツだよ」と言われた。膝が隠れるような感じのブカブカの短パンだと思っていたら、どうやら、ちょうどいい長さのものらしい。

みんなが赤青緑の体操服の中で、一人、夏を先取りしたような白のシャツと紺のハーフパンツは一際《ひときわ》目立った。

そして、夏になると他の子も同じような服装になり、次第に目立たなくなった。

それが、秋になると再び、あの子だとわかる。

そして今、冬になり、ひときわ、その存在感が増したように思う。気にして見ていたわけでもないけれど、毎日の風景の中で、ちょっとした探し物をするような、朝の日課のようになっていたのかもしれない。

朝の風景の中に見ていた、記憶に残らないくらいのささやかなアクセントに過ぎなかったかもしれない。

＊

その日の朝も、サキさんはいつものように新聞を取りに行った。外では庭先の何かがガタガタと鳴るくらい風が強い朝だった。

いつもの上着を羽織って外に出た。玄関先はそれほど風が吹きこんではいない。そのまま門まで歩いて行き、一休み。通りを見渡す。道の向こう側を、小学生の一団が一列で歩いて行く。

郵便受けを開けて、新聞を取り出す。

さらに、奥をのぞきこむと、今日も折りたたんだ広告チラシがあった。

それを手に取って、何のチラシか見ようとしたとき、一陣の風が吹きぬけた。あっと思ったときには、チラシは風の中を舞い上がっていた。サキさんの身長の倍くらいの高さに一気に舞い上がる。そのまま、通りの向こう側に飛ばされてしまう。

とても追いかけられるものではない。チラシは風に飛ばされ、時折くるくると回るように遠ざかって行く。

サキさんが門から通りに出たところで、半袖、短パンのあの少年がやって来た。そんなに自転車のスピードは出していない。それでも、「あっ」と言って急停止。何事かといった表情で、サキさんの視線の先を追う。

サキさんが手を伸ばした先を、赤色や黄色模様のように見える折りたたまれたチラシが風に飛ばされていく。

少年は自転車を止めると、舞い上がったその紙を追いかけた。そして、その追いかけっこは少年が勝った。

「はい、これ」

少年は手にした紙をサキさんに手渡した。幸いなことに、一瞬、風がやんで、飛ばされたチラシは通りの向こう側に落ちた。そのまま飛ばされていたら、見つからなかったかもしれない。少年がすばやくチラシを拾ってくれたのだ。

「ありがとう」と言い、サキさんはその小さな紙、折りたたまれたチラシを受け取った。

「手紙がなくならなくてよかったですね」

少年が言った。

「これって手紙かい。広告の折った紙じゃないの」

少年が言うには、「裏側に文字が書いてあって、それをきれいにたたんであるんですよ」ということだった。

「本当だ」

チラシを丁寧に広げてみると、その裏側が白くなっていて文字が書いてある。

「これ、孫からの手紙だ」

「よかったですね」と少年は言った。

サキさんは、ここ数日間、毎朝届いていた折りたたまれたチラシを不思議に思いながらも、そのまま大事に取っておいた。

（それじゃ、これまでのものも手紙だったのか）

そう言えば、小学校に入学した孫がこの間来たとき、広告のチラシの裏側に名前を書いて見せてくれたことを思い出した。「上手だねぇ、また書いたら見せてね」と言ったように思う。

登校するときは、道の向こう側をみんなで歩いていく。そして、帰り道は、こちら側を通って帰っていく。学校の帰りに、いつも郵便受けに入れていってくれたのだろう。

サキさんが一人、物思いにふけっていると、いつの間にか少年ははるか先を自転車で走っている。

その背中に向けて、「ありがとう、チラシの謎が解けたよ」と心の中で声をかけた。

＊

「あの子、またカサを持っている」

門のところで、サキさんは登校中の小学生を見送っている。

いつもの風景である。小学生が一列で通り過ぎていった。その中に一人、気になる子がいる。一年生だろうか、大きなランドセルを背負っている。後ろから見ると、ランドセルが歩いているみたいとサキさんはいつも思う。

でも、その子が気になるのは、そのためではない。その子はいつもカサを持っている。雨の日や、雨の降りそうな日はもちろんのこと、晴れの日も、である。

（なぜだろう）

一度気になると、なんとなくいつもその子を探してしまう。

そして、今日もカサを持っている。

カサを杖のように使っているわけでもない。

「今日は、雨は降らないだろうに」

思わず声に出していたようだ。

「大丈夫みたいですよ。洗濯物は外に出しておいても心配ないって、テレビの天気予報で言っていました」

サキさんは、カサの子を見送りながら門からずいぶんと道に出ていたようだった。後ろに自転車の中学生が止まっていた。半袖半ズボン、半袖短パン、いや半袖ハーフパンツの中学生だった。

あの孫からの手紙を拾ってもらってから、会えば挨拶をするようになっていた。

サキさんは慌てて道をあける。

「雨で心配なことがありますか」

中学生が聞いてくれたので、ここのところ気になっている小学生の話をする。

「それはきっと魔法の杖ですよ」

半袖短パンの中学生はニコッとして説明をする。

その小学生は小さくて、きっと家のインターホンに手が届かないので、「カサを使ってインターホンのボタンを押しているんだと思います」と話す。少年も小さいとき、そんな経験があったのだ、と。そのときは玄関の脇に棒を立て掛けておいたという。最近のアパートやマンションなどは入口に各部屋のインターホンがあるらしい。そのため、建物の入口のところに私物のカサを立てかけておくわけにもいかず、毎日持って歩いているのではないでしょうか、とのこと。

「でも、もしかすると本当に魔法の杖みたいに困ったときに役立つのかもしれません」

中学生の少年は、ずいぶんと先を歩いていく小学生の列を見ながら懐かしそうに話す。

サキさんの気になることに、少年はいつも答えをもたらしてくれる。

話しこんでいると、後ろから自転車がせまってきて追い越していった。

「とも君、おはよう」

女の子が少年に声をかけ、少年も「おはよう」と挨拶を返している。

サキさんは、このとき初めて、半袖、短パンの少年の名前を知ったのだった。

少年はサキさんにおじぎをすると、自転車をこぎ出した。遅れないように、ちょっとスピードを出したようだった。

（行ってらっしゃい、気をつけて）

サキさんは少年の背中に向けて心の中でつぶやいた。

＊

サキさんは心配していた。

ここ何日間か、小学生の子どもたちが登校してこないのだ。

どうしたんだろうと心配している。

季節は気がつけば冬。寒さが厳しくなっている。この時期になると、もういつものこととはいえ、半袖、短パンは目立つ。あの中学生、「とも君」という子は相変わらずだ。冬の寒さをものともせずに登校している。

昨日も、そして、今日もちょうど門のところで見かけた。そして、おはようの挨拶を交わした。やはり寒いのか勢いよく自転車をこいでいった。いつも通り元気な様子だった。

それにしても小学生のちびっ子たちはどうしているのだろう。


次の日も、サキさんは少し早めに門のところに立っている。

小学生は、誰も通らない。

自転車や歩きの中学生はいつも通り登校していく。新聞を片手に、遠くのほうを見ていると、白い半袖が近づいてくる。

「おはようございます」

近づいてきた少年はきちんと挨拶をする。

サキさんは挨拶を返すと、自転車を避けて道端に寄る。律儀にも、少年は自転車を止めて、「誰かを待っているんですか？」と聞いてくる。小学生がここ三日間登校していない話をする。

「おかしいですね。でも、確かにここのところ朝、見ていないですね」

少年も首をかしげた。

そこに女の子が通りかかり、少年に挨拶をする。少年は通り過ぎた友達を呼び止めたようだ。女の子が少し先に行ったところで止まった。少年はそこに行くと、少女と話をしている。

少年は戻ってくると、「わかりましたよ」と言った。

「小学校がインフルエンザで学校閉鎖になっているそうです」

なんでも女の子の弟が小学生で、学校に行けずに家で勉強しているらしい。

学校全体が休みになってしまうなんてことがあるんだ、とサキさんは驚いた。

「各学年一クラスしかないみたいです」

「子どもの数が少なくなっているとは聞くけれど、本当にそうなんだねぇ」とサキさんはつぶやいた。なんとも寂しい話である。

「明日から登校できるそうですよ」

明日の朝には元気な姿が見られると聞いて、ホッとしたサキさんだった。

「それじゃ」と言って、少年は自転車をこぎ出した。

またしても、サキさんのささやかな謎を解いてくれた少年。その後ろ姿に声をかけた。

「行ってらっしゃい」

少年がふりかえって、ニコリと笑って言う。

「行ってきます」

少年の姿はどんどん遠ざかっていく。その元気いっぱいの姿に、サキさんも元気になる。

それにしても、とサキさんは思う。

(この寒い中、半袖短パンで大丈夫なのかな。なんで冬なのに半袖なのかな)

今度は、この謎を直接、本人に確かめたい気がする。

サキさんは、自分も元気にがんばらなければと、改めて少年の後ろ姿を見ながら強く思っていた。

寒い冬の朝だけど、なぜか心はあたたかかった。

＊

その日の朝、サキさんは少年を待っていた。

一週間ほど前に、近所に住む息子夫婦が孫と一緒に遊びに来た。

小学生の孫は、あの広告チラシの「手紙」を届けてくれていた子だ。その後は、遊びに来るとき、いつも折り紙の裏にお手紙を書いて、きれいに折って持ってきてくれる。

時々、遊びに来てくれるのだが、全員そろってというのは久しぶりだった。

「実はね」と前置きをして、「今度、転勤することになったんだ」と息子が言った。

それも、四月を待たずに来月から京都に行くという。

息子夫婦は近くのアパートに住んでいる。後々には家を建てる計画もしているのだろう。

「それで、母さんにも一緒に来てもらおうと思ってね」

転勤者のための住まいとして会社の社宅というものがあるらしい。

「一軒家で、普通の家と変わらないんだよ」

そこで、みんなで暮らそうという。早ければ三年くらいで、また、群馬の会社に戻れるとの話のようだ。

「近所にいれば、何かあったとき、すぐに来られるけど、さすがに京都からここまですぐには来られないからね」

一人暮らしの母親を心配してのことだとはわかっていたが、住み慣れた家を出るのは抵抗があった。

「この家はこのままにして、いつでも帰れるようにしておくから」

管理が大変な気もしたが、まぁ何とかなるかと思い直した。それに、京都に行くことに、ちょっとワクワクとした気持ちにもなった。

そして、今、サキさんは、来月にここから離れることを少年に伝えたいと思い、門のところに立っている。

遠くからでもわかる白い人影が近づいて来る。半袖シャツに紺色のハーフパンツで、冬の寒風をものともせず自転車を走らせてくる。お互いに気がついたときに、「おはよう」「おはようございます」の言葉を交わす。少年が近づくと、サキさんはちょっと前に出るようにして、「おはよう」と声をかけた。

少年はスピードを落とし、「おはようございます」と挨拶を返して、自然とサキさんの手前で自転車を止めた。

「今日も元気だね。寒くはないんかい」

「大丈夫です。慣れてますから」

何度か交わした会話でもある。

サキさんは、今度、息子の転勤で引っ越すことになることを告げた。

「本当にお世話になりました。いろいろとありがとう」

「そんな、ぼく、何もしてないですよ」

少年は照れくさそうに笑う。

サキさんは、自分の思いを少年に話した。

少年の半袖短パンで、前へ前へと進んでいる姿にいつも元気をもらっていたこと。よし、自分もできることをがんばろう、元気に生きていこうと思い、いつも励まされていたこと。そして、謎を解決してくれたことへの感謝を。

「ぼくもがんばるので、おばあちゃんも元気にがんばってください」

少年が気のせいか少し寂しそうに言った。

あとから来た男の子が自転車で通り過ぎながら声をかけていく。

「ともひろ、課外に遅れるぞ」

少年は、「おう」と手を上げてその声に応える。

「朝から勉強かい。引きとめて悪かったね」

「大丈夫です」

いつもの笑顔だった。

「それじゃ」と言って、少年は自転車で走り出した。少年の名前を初めてきちんと聞いた。「とも君」ということは知っていたけれど。

少し行ったところで、なぜか自転車が止まった。そして、少年は自転車を降りると、きちんとサキさんに向かって一礼をした。

サキさんも丁寧におじぎを返した。

少年は再び自転車を走らせる。

あの子は本当に、自分にとっての大切な「友（とも）」であり、いつも助けてくれる「ヒーロー（ひろ）」かな、とサキさんは思った。

いつの間にか、その後ろ姿に小さく手を振っていた。

著者プロフィール
喜多 ひろ（きた ひろ）
1963年生まれ

本書は我が子の幼い時のエピソードをベースにして、懐かしい日々を物語にしたものです

小さい謎、見つけた

2024年1月15日　初版第1刷発行

著　者　喜多 ひろ
発行者　瓜谷 綱延
発行所　株式会社文芸社
〒160-0022　東京都新宿区新宿1－10－1
電話　03-5369-3060（代表）
03-5369-2299（販売）

印刷所　図書印刷株式会社

ISBN978-4-286-24851-6